大哉孔子

生命的历程

○ 王之俊 著

中国石油大学出版社
CHINA UNIVERSITY OF PETROLEUM PRESS

山东·青岛

图书在版编目（CIP）数据

大哉孔子 / 王之俊著. -- 青岛 : 中国石油大学出
版社, 2025. 5. -- ISBN 978-7-5636-5284-6

Ⅰ. I227

中国国家版本馆CIP数据核字第2025X6D367号

书　　名：大哉孔子
　　　　　DAZAI KONGZI
著　　者：王之俊

责任编辑：付晓云（电话 0532-86981980）
责任校对：董　然（电话 0532-86981536）
封面设计：刘秋英　许晓华

出 版 者：中国石油大学出版社
　　　　　（地址：山东省青岛市黄岛区长江西路66号 邮编：266580）
网　　址：http://cbs.upc.edu.cn
电子信箱：bjzx1130@sina.com
排 版 者：东营天外天文化传媒有限公司
印 刷 者：东营天成彩印有限公司
发 行 者：中国石油大学出版社（电话 0532-86983437）
开　　本：787 mm×1 092 mm 1/16
印　　张：41
字　　数：296千字
版 印 次：2025年5月第1版　　2025年5月第1次印刷
书　　号：ISBN 978-7-5636-5284-6
定　　价：108.00元

目/录

第一章

予始殷人也

大哉孔子

生命的历程

予始殷人也

孔子鲁国人，

出生在陬邑，

因母祷尼丘，

名丘字仲尼。

生于公元前 551 年，

逝于公元前 479 年。

孔子病重后，

曾与子贡言：

"夏人殡东阶，

周人于西阶，

殷人两柱间，

予始殷人也。"

孔子始祖契，

喾帝次妃生，

舜时为司徒，

佐禹大功成。

契传十四世，

传至于成汤。

成汤有盛德，

灭桀为商王。

汤传三十世,

殷王为帝乙。

帝乙传帝辛,

帝辛敏有力。

能言且善辩,

刚愎自用之。

一味求享乐,

不问国家事。

拒谏杀比干,

威逼走箕子。

帝辛即殷纣,

武王征灭之。

封其子武庚,

以为殷之嗣。

武庚叛乱后，
周公封微子。
国宋祀殷后，
微子宋国始。

微子嫡子亡，
立其弟微仲。
传至弗父何，
让位于厉公。
失去诸侯位，
何乃与卿同。

五传木金父，
避祸奔于鲁。
三传叔梁纥，
已降为士族。

第二章

十五志于学

大哉孔子

生命的历程

吾少也贱

孔父叔梁纥，
陬邑之大夫。
勇力称于世，
大名闻于鲁。

鲁襄公十年，
晋帅诸侯军，
攻打偪阳国，
偪阳人启门，
诸侯之兵入，
城上落悬门，
"陬人纥扶之"，
诸侯得退军。

撑门之壮举，
天下无不闻。

襄公十七年，
齐国犯鲁地。
鲁国之司寇，
被围在防邑。
纥帅甲三百，
突围而救之。

勇武叔梁纥，

九女而无子。

娶妾生孟皮，

孟皮有脚疾。

不能继香火，

纥壮心不已。

颜氏有三女，

求婚于颜氏，

颜父意应允，

三女而问之：

"陬大夫为士，

然其圣王裔。

勇力称绝伦，

人身长十尺。

虽年长性严，

吾甚贪爱之。

不足为疑惑，

三子孰为妻？"

长女莫能对，

二女沉默之，

三女征在曰：

"愿从父所制。"

父曰"即尔能"，

遂之以妻之。

征在十七岁，

叔梁六十七。

大哉孔子

生命的历程

征在往庙见，
以夫大年纪，
惧不时有勇，
私向尼丘祈。
继尔生孔子，
孔母心中喜。
子生为圩顶，
故以丘名之，
因祷尼丘山，
所以字仲尼。

孔子三岁时，
叔梁纥去世。
征在携幼子，
伤心离陬邑。
迁家曲阜城，
定居在阙里。

都城之文化，
有益于教子。
孔母市礼器，
以供子嬉戏。
孔子设俎豆，
乐中以学礼。

继长承母教，
读书识文字。
继而外祖父，
悉心而教之。

外祖名颜襄，
博学精六艺。
所学尽传授，
孔子无不知。

十七慈母逝，

暂厝一坟地。

为与父合葬，

慎重而为之。

自己到陬邑，

寻访父墓地。

曼父之母亲，

实情以告之：

"当年曾送葬，

墓葬在防邑。"

子曰"吾闻之，
古也墓不坟，
今日之丘也，
东西南北人，
不可弗识也，
葬后要封坟。"

孔母合葬后，
封崇四尺坟。
时过两千载，
即今梁公林。

孔子守孝间，

季平子飨士。

腰绖即前往，

无端遭呵斥。

家臣阳虎者，

傲慢而放肆；

"季氏宴请士，

不是宴请你。"

根本不承认，

孔子之为士。

孔子听到后，

如遭重拳击。

失去士身份，

坠入到谷底。

父母已双亡，

无靠又无依。

无限之辛酸，

何处能诉之？

"孔子由是退",

孔子很明智，

孔子很坚强，

孔子很大气，

孔子很容忍，

孔子有底气，

孔子没倒下，

孔子有大志。

丧满适于宋，
娶回并官氏。
一年之以后，
出生一爱子。
昭公送鲤鱼，
因之名孔鲤。

娶妻又生子，
生活成问题。
为了谋生计，
尝为季氏吏。
尝为委吏矣，
会计当而已。
尝为乘田矣，
牛羊壮而已。

学而不厌

三人行

孔子很好学，
无论在哪里。
三人一起走，
必定有老师。
选择其优点，
谦虚而学之。
看到其缺点，
改正于自己。

每事问

孔子学习礼，

谦虚而谨慎。

进入周公庙，

每事都要问。

对于已知者，

印证而求真。

这种学习法，

适古亦适今。

拜师郯子

为了学官制，
拜师于郯子。
郯子一国君，
热情而待之。

学琴师襄

孔子之琴技，

已经相当好。

但他不满足，

还要再提高。

学琴于师襄，

谦虚重师道。

学了一曲后，

练习争昏晓。

弹奏半个月，

师襄对他道：

"此曲已熟练，

可换新曲了。"

孔子说："不行。

曲调是会了，

弹奏之技巧，

我还没学到。"

过了几天后，

技巧已熟了。

师襄告诉他：

"该学新曲了。"

孔子说："不行。

此曲很美妙，

志趣和神韵，

我还没学到。"

大哉孔子
生命的历程

又过几日后，
师襄对他道：
"志趣和神韵，
已经把握了。"
孔子说："不行。
此曲有奥妙，
作者何许人，
我未体察到。"

终于有一天，
琴声停止了。
孔子站起身，
若有所思道：
"我已体会出，
作者境界了。

魁梧之身材，

瞩远而瞻高，

帝王之气魄，

圣贤之风貌。

除了周文王，

谁也达不到。”

此语之一出，

师襄震惊了。

赶忙站起身，

向着孔子道：

"我学此曲时，

曾经承师教。

文王谱此曲，

世称《文王操》。"

悼念子产

郑国子产卒，
孔子为之涕：
子产仁者也，
君子之道四，
事上能以敬，
使民合于义，
养民有恩惠，
正人先正己。
古代留下的，
仁爱之君子。
孔子悼念他，
要向他学习。

十五志于学，

实乃志于道。

不但精六艺，

还要学仁道。

祖述尧舜禹，

宪章文武教。

仁以为己任，

任重而路遥。

第三章

三十而立

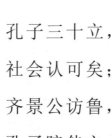

大哉孔子
生命的历程

社会认可

孔子三十立，
社会认可矣；
齐景公访鲁，
孔子陪伴之。
"穆公何以霸？"
景公问孔子。
孔子很博学，
从容而答之：
"秦国虽然小，
志向却很大。
所处虽偏僻，
施政很得法。
五张黑羊皮，

赎回百里奚，

穆公能屈尊，

与之谈三日，

知有治国才，

举国以委之，

用贤之若渴，

坚定而不移。

这样治国家，

称霸乃小之，

就是治天下，

也是满可以。"

景公听了后，

表示很满意。

自身已立

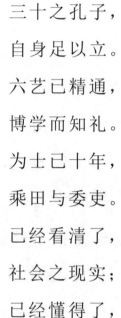

三十之孔子，
自身足以立。
六艺已精通，
博学而知礼。
为士已十年，
乘田与委吏。
已经看清了，
社会之现实；
已经懂得了，
人生之价值。

若委以重任，

利民利社稷。

三桓执国政，

不能任用之。

报国而无门，

开辟新天地。

大哉孔子

生命的历程

设教授徒

三十而立年，
设教广授徒。
有教而无类，
六艺出官府。

家中筑讲台，
银杏植台边。
孔子有所思，
取名曰"杏坛"。

银杏果实多，

象征诸弟子。

树干挺而直，

弟子之品质。

果仁可治病，

又可做美食。

象征诸弟子，

学成利社稷。

孔子以四教：

文行和忠信，

德才而兼备，

而以德为本。

弟子入则孝，

出悌信而谨。

四海皆兄弟，

爱众而亲仁。

行有余力时，

则以学习文。

孔子教弟子，

见贤而思齐。

温故而知新，

学而时习之。

不悱而不发，

不愤而不启。

举一不三反，

不复再教之。

知之为知之，

不知为不知。

循循而善诱，

欲罢不能止。

因材而施教，

各尽其所宜。

众多弟子问：

什么叫作礼？

什么叫作仁？

什么叫君子？

什么叫作孝？

怎样理政事？

孔子之回答，
因人而各异。

子路问孔子：
"知道就去做，
这样可以吗？"
孔子回答说：
"还有父兄在，
不能这样做。"
冉有问孔子：
"知道就去做，
这样可以吗？"
孔子回答说：
"不要多考虑，
知后就去做。"

子华问孔子：

"知道就去做，

两人同样问，

你咋两样说？"

孔子回答道：

"求也好退缩，

让他大胆做；

由也太好胜，

让他知退缩。"

大战孔子
生命的历程

设教瞿相图

《淮南子》中载，
　孔子之所通，
　勇服于孟贲，
　智过于苌弘，
　足蹑于郊兔，
　力托城关重。
　孔子默而识，
　博学而多能，
　不以勇力闻，
　不以伎巧名，
　专行于教道，
　素王所以成。

孔子向弟子，
讲解射之义。
进退和周还，
必须要中礼。
内志要纯正，
身体要直立，
弓矢要牢固，
然后可射之。

辑让而升阶，

下阶而饮之。

君子无所争，

其争也君子。

射于瞿相圃，

观者如云集。

不肯以力闻，

设教而已矣。

出游齐国

鲁国生内乱，
出游到齐国。
拜见齐景公，
景公问政悦。
欲封子采邑，
晏婴力搅和。
大夫欲加害，
随即返回国。

曾拜齐太师，
闻韶尽善美。
专心致志学，
不知肉滋味。

问礼老子

嗣后赴洛邑，
问礼于老子。
送上几只雁，
作为贽见礼。

老子很高兴，
郊外迎孔子。
宾主相处欢，
彬彬而有礼。

周室典籍多，
孔子遍读之。
遇到不明处，
请教于老子。

参观周明堂，
瞻仰周太庙，
游历郊社所，
周礼全学到。

临别老子送，

赠言千金重。

孔子感叹道：

"老子犹如龙。"

第四章

四十不惑

智者不惑

四十而不惑，
不再惑什么？
人生之道路，
所干之事业，
世间之万象，
美丑与善恶，
孰是与孰非，
自己之职责。
任重而道远，
不容有蹉跎，
教书育人路，
继续再开拓。

生死与鬼神，

人性与天道，

以直以报怨，

不杀公伯寮，

孔鲤不再哭，

不学尾生高，

曾参之挨打，

子贡要回报。

这些人和事，

全都不惑了。

自己不惑后，

还要再施教。

不倦诲弟子，

使之处中道。

弟子益进

自周返于鲁，
已届不惑时。
陪臣执国政，
季氏僭公室。
大夫离正道，
孔子故不仕。
退而修诗书，
弟子益进之。
生员来四方，
不分彼与此。
除自鲁国外，
尚有宋卫齐。

大哉孔子
生命的历程

讲学天涯

带领众弟子，
讲学到天涯。
东山而小鲁，
泰山小天下。

观澜沂水滨，
滔滔流远处。
孔子感叹道：
"逝者如斯夫。"

以器论道

参观桓公庙，
敧器倾斜了。
孔子教弟子，
其中有奥妙：
此器乃敧器，
内中含中道。
"空了则倾斜，
满了则翻倒。
适中则端正，
教人行中道。
常置君主右，
时时予警告。"
子路注水试，
一如夫子教。

孔子深叹息：

"夫物满必翻。"

子路不理解：

"敢问何持满？"

"聪明守以愚，

富贵守以谦，

勇力守以怯，

功高让为先。"

君子远子

孔子诸弟子，

其中有孔鲤。

陈亢询问他：

"夫子何教之？"

"不学诗无言，

不学礼无立。"

陈亢高兴道：

"问一得三矣。

闻诗又闻礼，

君子远其子。"

第五章

五十知天命

何为天命

天命非迷信，
亦非是虚玄。
人人所俱有，
包括两方面。

客观方面指：
人与自然的，
人与社会的，
人与人间的，
错综复杂的，
相互之关系。
人在地球上，
出生在哪里，
出生在哪家，

不能由自己，
自身之命运，
都是先天的。
主观方面指：
生后之环境，
一是要认可，
二是要适应，
义务要尽到，
责任勇担承，
不立危墙下，
抓住机会行，
居仁而由义，
乃己之使命。

已知天命

有关天命的，

一切之道理，

五十之孔子，

无一不晓知，

而且已把握，

努力而行之，

厚德而载物，

自强而不息。

为中都宰

五十一岁时，
出任中都宰。
为政仅一年，
弊政全更改。

举贤不避亲，
严惩奸邪吏。
提倡勤和俭，
革除奢侈习。

男女行别途，

道路无拾遗。

生民享安乐，

死者葬以礼。

定公问孔子：

此法治鲁何？

孔子回答说：

虽治天下可，

何但一鲁也。

任鲁司寇

五十二岁时，
出任鲁司寇。
断讼听众议，
三年民风厚。

夹谷会盟

齐人定阴谋，
约鲁会夹谷。
乘机劫定公，
以得志于鲁。

孔子摄相事，
文事必武备。
左右具司马，
加强警卫队。

定公和景公，
谦让登盟坛。
齐国莱夷舞，
手持戟矛剑。

定公面如土，

孔子快登阶，

命令两司马，

操起剑矛戈。

直面齐景公：

何用夷狄礼？

于神为不敬，

于德为不义。

景公自羞愧，

急忙驱夷狄。

有倾齐人曰：

请奏宫中乐。

优倡侏儒现，

孔子据理责。

两国行盟誓，

齐人又加言。

孔子洞其奸，

齐归汶阳田。

礼堕三都

为了强鲁国，
孔子堕三都。
定公很满意，
三桓亦顺服。

开始尚顺利，
后为家臣阻。
定公意不决，
三桓改当初。

内忧未解决，

外患接踵来。

齐人遣舞女，

引诱南门外。

桓子微服往，

定公亦懈怠。

三日不听政，

正中齐国怀。

郊祭未致膰，

理想难实现。

无奈离鲁国，

漂泊十四年。

周游列国（上）

适 卫

五十五岁时，
孔子离曲阜。
带领众弟子，
踏上西行路。

迟迟吾行也，
离开父母邦。
齐国之舞女，
可致鲁败亡。

辞别屯邑地，

抵达卫京城。

卫灵公接见，

待之如客卿。

灵公信谗言，

监视子行踪。

夫子恐获罪，

适陈见缗公。

去 卫

适陈过宋地，
被困于匡城。
疑子为阳虎，
五日不放行。

子路怒欲战，
子曰："有天命，
由歌予和汝。"
三曲而解兵。

返　卫

经蒲返于卫，

南子请相见。

夫子推辞谢，

南子再纠缠。

派人再传话，

寡小君愿见。

无奈而见之，

举止礼仪全。

子路不高兴，

夫子很难堪。

不由矢之曰：
所否遭天厌。

灵公与南子，
同车坐头乘。
夫子随其后，
招摇过市行。

夫子深丑之，
不由而指责：
"吾未见好德，
如好色者也。"

适 宋

再次离卫地，

过曹适宋国。

边境仪封人，

称子为"木铎"。

走到商丘城，

拜见宋景公。

景公广问政，

只听而不用。

桓魋做石椁，

三年而未成。

夫子讥其靡，
违背礼规定。

树下习礼仪，
桓魋怒冲冲。
砍倒身边树，
以示要行凶。

弟子欲速行，
夫子无惧色：
"天生德于予，
桓魋奈我何？"

适　郑

离宋奔郑国，

一路行匆匆。

临郑弟子散，

子落郑城东。

郑人语子贡，

一人东门中。

累累丧家狗，

两手已空空。

子贡遇夫子，
郑人言实告。
夫子笑着说：
真是对极了。

适　陈

过郑到陈国，
缗公为客卿。
不予闻国政，
仁政难推行。

吴人入犯陈，
危邦不能居。
别无安身处，
去投蘧伯玉。

返 卫

离陈返卫国，
正好经蒲邑。
蒲人不放行，
无奈盟约之。

离蒲即北行，
直奔帝丘城。
子贡问盟约，
"要盟神不听"。

灵公喜郊迎，

却不委以政。

夫子心郁闷，

室内独击磬。

灵公问军事，

子曰"未之学"。

灵公不满意，

与卫再离别。

还　陬

郁郁不得志，
西见赵简子。
简子杀窦舜，
夫子深恶之。

茫茫无去处，
乃还息陬乡。
防地祭父母，
礼仪适所当。

适 吴

适陈过吴地,

曾经会越王。

收徒言子游,

道启东南方。

适　陈

由吴入陈国，
仁道不能行。
由陈迁居蔡，
奔波步不停。

第六章

六十耳顺

已经耳顺

六十而耳顺，
常人难企及，
耳闻其言后，
心知共微旨。
听到逆耳言，
不气亦不急，
理解言者心，
尊重言者意。
听到顺耳言，
不欢亦不喜，
知己之斤两，
实事而求是。

周游列国（下）

适　蔡

蔡昭侯被杀，
适陈而离蔡。
蔡国平乱后，
由陈再入蔡。

适 楚

自蔡入负函，
叶公尝问政；
如同其好龙，
并不能实行。

楚狂接舆者，
歌而过孔子：
"凤鸟啊凤鸟，
咋这倒霉呢？
往者不可回，
来者要改之。
算了吧算了，

不要再执迷。

今之从政者，

危乎其危矣。"

孔子下车来，

欲与交谈之。

他却快避开，

顷刻即消失。

长沮桀溺耕，

子路去问津。

长沮回答说：

"孔丘知津人。"

子路问桀溺，

桀溺反问之：

"乱世像洪水，

谁能使之逆？

与其从辟人，

岂若从辟世？"

子路行以告，

夫子深叹息：

"鸟兽不可群，

非人而谁之，

天下若有道，

丘也不与易。"

子路从而后，

丈人杖荷蓧，

子路向他问：

"见我老师否？"

老人很冷淡，

回答子路道：

"四肢不劳动，

五谷不分晓，

何能称老师？

别误我除草。"

楚王召夫子，

封地七百里。

适郢以应聘，

陈蔡兵围之。

厄于陈蔡

师徒在旷野，
七日不得食。
弟子多病掉，
夫子弦歌之：
"伯夷饿首阳，
龙逢囚杀死，
比干被剖心，
子胥赐剑逼。

君子不逢时，

何独丘也矣？

修道以立德，

固穷志不移。"

楚王知被困，

派兵迎夫子。

未至楚王逝，

无奈返卫地。

返卫归鲁

在卫居四年，
只是做寓公。
哀公礼聘归，
周游列国终。

漂泊十四年，
历尽险与难。
匡围五昼夜，
陈蔡困七天。
桓魋欲加害，
诸侯多冷淡。
矢志行仁道，
知者唯有天。

第七章

七十从心所欲，不逾矩

人生最高境界

从心所欲是自由，
不逾矩者不违道。
经过岁月之磨砺，
自由道德为一了。

陪侍哀公

夫子归国后，

并未被重用。

被尊为国老，

陪侍鲁哀公。

整理典籍

孔子之晚年，

整理古典籍。

上溯到远古，

下至到当世。

古籍繁而杂，

精粗各不一。

六经终能成，

莫大之功绩。

诗

六经之中诗第一，
我国最早诗总集。
"一言以蔽"思无邪，
千古传诵有魅力。

古时诗有数千篇，
重复杂乱无条理。
取可施于教化者，
孔子整删编定之。

追述殷朝始祖契，

周朝始祖之后稷，

歌颂殷周之盛世，

讽刺幽厉之缺失。

男女伦常为起点，

《关雎》排在诗第一。

乐而不淫哀不伤，

君子淑女节于礼。

《诗经》分为《风》《雅》《颂》，

《风》收十五国之风，

多以抒情诗为主，

反映庶民之风情。

《雅》分大雅和小雅，

周人谓之曰正声。

作者多为上层人，

宴会演奏在宫廷。

《颂》分三颂周鲁商，

宗庙祭祀场合用。

颂之内容较严肃，

多为歌德和颂功。

赋比兴乃诗之法，

三者相辅又相成。

陈述譬喻即赋比，

言他引咏为用兴。

《关雎》是首言情诗，

　　使用兴法最分明。

　　关关雎鸠先吟咏，

　　窈窕淑女后抒情。

学好《诗经》可以言，

　　鸟兽草木能多识。

　　近可用来奉父母，

　　远可用以侍皇帝。

　　可兴可观可以群，

　　可歌可颂可讽刺。

　　可使小人为君子，

　　温柔敦厚而明智。

书

孔子删订书，

任重而事繁。

时垮三千载，

资料乱而散。

搜集各种书，

《三坟》和《五典》，

《八索》和《九丘》，

超过两千篇。

所得之书籍，

一一相识辨。

剪裁其重复，

芟荑其烦难。

删除神怪事，

剔抉巫祝诞；

舍弃浮洿辞，

抹掉伪作篇；

举其之宏纲，

撮其之要点；

足以垂世者，

谟诰誓命典。

按照朝代序，

编次凡百篇。

所以弘至道，

示人主轨范。

坦然而明白，

可举而行焉。

并作《尚书序》，

阐述己之见。

三千之弟子，

并授其雅言。

焚书坑儒时，

《尚书》未能免。

西汉崇儒学，

《尚书》伏生传。

隶书以抄写，

称为今文版。

恭王坏鲁壁，

六经被发现。

都是先秦文，

称为古文版。

两版之《尚书》，

内容相乖舛。

孰真与孰假，

遂成一公案。

西晋永嘉间，

国家生战乱。

今古之《尚书》，

全部都失散。

现存之《尚书》，

五十又八篇。

东晋初年时，

内史梅颐献。

古文二十五，

今文三十三，

虽不是原书，

亦可窥百篇。

礼

三　礼

礼经有三书，

《周礼》和《仪礼》，

还有《小戴礼》，

即今之《礼记》。

周　礼

《周礼》称《周官》，

专讲周官制。

后人之续作，

成书战国时。

孔子之思想，

始终贯穿之。

《仪礼》

《仪礼》十七篇，

　士人之规范，

　典礼和节仪，

　孔子亲订删。

《礼记》中记载，

　恤由之丧事，

　哀公使孺悲，

　学礼于孔子，

　记录下来后，

即为《士丧礼》。

《礼记》

战国至汉初，

孔子之弟子，

再传之弟子，

三传之弟子，

承继礼传统，

阐述礼之义，

写作礼论文，

广泛传于世。

量大内容博，

汉人纂成集。

迄至宣帝时，

梁地人戴氏，

从中择精华，

辑成《小戴礼》，

以别于大戴，

即今之《礼记》。

克己复礼

孔子重视礼，

谆谆教弟子，

不能知礼者，

他就不能立。

非礼不要听，

非礼不要视，

非礼不要动，

非礼勿言之。

克己复礼者，

方能为君子。

礼让以治国，

民服且知耻。

乐

乐者音乐也，

音之所由生，

可以善民心，

可易俗移风。

孔子重视乐，

曾经定《乐经》。

自卫返鲁后，

然后将乐正。

《雅》《颂》得其所，

摈弃郑淫声。

《诗经》三百篇，

孔子皆弦歌，

以求与《韶》《武》，

《雅》《颂》之音合。

以乐教弟子，

雅乐大普及。

子路性勇猛，

文不能胜质，

学乐以文之。

自我感觉好，

弹瑟师门里，

孔子先批评，

而后又鼓励。

由也升堂矣，

只是未入室。

暴秦焚书后，

《乐经》已失传。

《礼记·乐记》篇，

多系汉人纂。

易

群经之首

易被誉为群经首，

易被称为道之源。

山之出云绵不断，

天地万物藏其间。

三　易

易之易字有三义，

简易、变易和不易；

易之为书有三种，

《连山》《归藏》和《周易》。

殷代之易曰《归藏》，

夏代之易曰《连山》，

迄至孔子之世时，

《归藏》《连山》俱失散。

《周易》

周代之易曰《周易》，

用来卜筮辨凶吉。

上古伏羲画八卦，

文王演绎于羑里。

《周易》分为《经》和《传》，

经文简约义难知。

《传》乃解释《经》之文，

博大精深称《十翼》。

《经》

－－－二爻构成卦，

六十四卦由此成。

六十四卦卦之象，

以及相应之卦名，

卦辞爻名和象辞，

合在一起构成《经》。

《传》

《系辞》上下《象》上下，

《象》之上下和《文言》，

《说卦》《序卦》和《杂卦》，

合称《十翼》即是《传》。

孔子与易

孔子晚年喜读易，
行之在囊居在席。
一有时间便研读，
以致韦编三绝之。

子贡不解问孔子：
"往日曾经教弟子，
没有德行求神灵，
没有智慧求卜筮，
我很赞成您的话，
一直努力奉行之。

不知老师为什么，

现在痴迷于《周易》？"

"我是曾经这样说，

当时学易水平低，

只是停在卜筮上，

未能求得其德义。"

"不安其用乐其辞，

这是片面对待易。

百姓用以卜吉凶，

您与庶人背道驰。"

"卜筮之用在百姓，

易之大道藏于辞。

易德需要深研求，

拯世救民易之旨。

能使刚者知恐惧，

能使弱者坚强之，

能使愚者不狂妄，

能使奸者有克制。

易之内涵三层面，

幽赞数理和德义。

赞不达数谓之巫，

数不达德谓之史。

后世学人疑我者，

也许因为我喜易。

同途史巫而殊归，

我由数理求德义。”

君子德行以求福，

是故祭祀有其时。

君子仁义而求吉，

所以卜筮少而稀。

一阴一阳之谓道，

百姓日用而不知。

为宏大道济天下，

孔子赞易作《十翼》。

《说卦》解说八卦象，

《杂卦》错杂说卦义，

《序卦》六十四卦序，

《系辞》通论易之旨，

《彖》释每卦之卦名，

　　以及卦义和卦辞，

《象》以卦象为依据，

　　解释卦名和卦义，

　　亦以爻象为依据，

　　解释每爻之爻辞，

《文言》解释《乾》《坤》卦，

　　元亨利贞安贞吉。

古老《易经》文简约，

　　犹如天书研读难。

　　一经孔子整理后，

　　后人学习有指南。

群经之首大道源，

内涵万物天地间。

谁个若能精通易，

就是当世"活神仙"。

春 秋

《春秋》鲁国编年史，

上至隐公下至哀，

二百余年二十公，

据鲁亲周故殷代。

文字简约内容博，

列国大事亦记载。

齐桓晋文卫灵事，

诸侯之兴周之衰。

周衰道微邪暴作，

臣弑其君子弑父。

孔子惧而作《春秋》，

　惩恶除邪如钺斧。

　乱臣贼子恐而惧，

　正人君子欢而呼。

　上尊周公之遗训，

　下明未来之正途。

《春秋》不足两万字，

　编年史体之滥觞。

　受其影响显著者，

　《资治通鉴》司马光。

《春秋》被列为六经，

后有三传阐述明。

《左传》侧重于史事，

《谷梁》《公羊》字句精。

孔子在位听讼时，

文辞可与人共之。

待到晚年纂《春秋》，

子夏不能赞一辞。

笔则笔兮削则削，

最短只用一个字。

而寓褒贬于其中，

微言之中有大义。

一字之褒荣华衮，

一字之贬斧钺之。

世称《春秋》之笔法，

深远影响于后世。

六艺于治一

孔子曾经说:
"六艺于治一。"
《礼经》以节人,
《书经》以道事,
《乐经》以发和,
《诗经》以达意,
《易经》以神化,
《春秋》以道义。

如果入其国,
其教可晓之。
疏通知远书,

温柔敦厚诗，

广博易良乐，

恭俭庄敬礼，

属辞比春秋，

洁净精微易。

六艺有裨益，

也有其缺失。

诗之失愚暗，

乐之失奢侈，

书之失夸张，

礼之失琐细，

春秋之失乱，

易之失精密。

深入学六艺，

得益而去失。

深入理解诗，

敦厚而明智；

深入理解书，

知远言其实；

深入理解乐，

广博不奢侈；

深入理解易，

精微不过密；

深入理解礼，

庄敬不琐细；

深入学春秋，

比事不乱矣。

继往开来

中华之民族，

华夏之儿女。

传统之文化，

博大而精深。

"四书"和"五经"，

乃为其核心。

所谓"四书"者，

《大学》和《中庸》，

《论语》和《孟子》。

所谓"五经"者，

《诗经》和《尚书》，

《周易》《春秋》和《礼记》。

共计九本书，

八本与孔子，

直接有关系，

只有一《孟子》，

是否有关系？

大家所共知，

如果没孔子，

也就没孟子。

中国之文化，

孔子是中心，

上承数千载，

下传到当今。

大哉孔子
生命的历程

弟子三千

有教无类如春风，
百花绽放曲阜城。
孔门弟子三千人，
颜浊邹等不在名。

子以六艺授弟子，
并将四教贯其中。
学习文化和典籍，
学用结合见行动。
为人处世要以信，
臣事君主要以忠。
诵诗三百能为政，
使于四方专对工。

德行高尚有颜回，

子骞伯牛和仲弓，

政事冉有和子路，

言语宰我和子贡，

文学子游和子夏，

七十二人六艺通，

应聘出仕十七人，

从政六国功业隆。

颜回三月不违仁，

箪食瓢饮陋巷乐。

闻一知十不伐善，

品高好学不二过。

子路好勇善为政，

与堕三都宰蒲城。

向无宿诺喜闻过，

直爽仗义心底明。

子贡好学又聪明，

从政经商皆有成。

陈蔡绝粮七昼夜，

奉命使楚派兵迎。

子夏家贫才思敏，

文学著称思超群。

学以致用行其道，

笃志近思而切问。

子张尊贤而容众，

嘉许善良矜不能。

见危致命得思义，

丧思悲哀祭思敬。

子游尝为武城宰，

满城可闻弦歌声。

注重礼乐之教化，

仁义为本洒扫轻。

曾参内向不迟钝，

每日三省己之身。

严守孝道作《孝经》，

世称宗圣大孔门。

子有善政多才艺，

打败齐军功归师。

促成孔子返回国，

师生抵牾而亲密。

万世师表

哭颜回

孔子之晚年，
亲人相继逝。
六十七岁时，
夫人与世辞；
六十九岁时，
儿子孔鲤死；
七十一岁时，
爱徒颜回逝。

子闻颜回殁，
长叹一声"啊"，
放声而痛哭：
"老天灭我呀。"

孔子哭之恸，

从人劝慰他：

"您太悲伤了。"

孔子流泪答：

"不为颜回哭，

还为谁哭呀。"

孔子慈母逝，

没有这样哭；

发妻与世辞，

没有这样哭；

爱子孔鲤死，

没有这样哭；

只有颜回死，

呼天而恸哭。

悲从心中来，

撕肝而裂腑。

颜回最好学，

乐道而安贫。

从来未出仕，

一心做学问。

闻一而知十，

三月不违仁。

用行舍则藏，

不止而见进。

志高不二过，

衣钵传承人。

不幸短命死，

大道传何人？

道之若不传，
何以拯黎民？

夫子之恸哭，
何为回一人？
乃为哭苍生，
乃为哭命运。

哭子路

七十二岁时，

弟子子路死。

孔子闻听后，

中庭即哭之：

"老天要我命！"

不再顾及礼。

子路长政事，

好勇而伉直，

光明而磊落，

重诺讲信义。

参与堕三都，

尽心又尽力。

宰蒲之三年，

先之而劳之，

从来不懈怠，

恭敬以信矣，

忠实而宽矣，

明察以断矣。

忠实而勇敢，

夫子尝称之：

"自我得由后，

恶言不闻耳。"

徒中所最亲，

欲委以后事，

不幸又先死，

怎能不悲悽。

靠子贡

（一）

颜回之早逝，
子路之惨死，
如同两重拳，
直击孔夫子。
所以未倒者，
依靠端木赐。

（二）

子贡之经商，

载于《史记》中。

家累至千金，

先于陶朱公。

结泗而连骑，

往来诸侯中。

分庭而抗礼，

大度而从容。

布扬师之道，

歌颂师之功。

（三）

孔子游列国，
费用何其多。
上下要打点，
师徒要生活。
所有之支出，
子贡全兜着。

（四）

子贡问老师：

"如果能做到，

贫困而无谄，

富裕而不骄，

是否就行了？"

孔子回答说：

"已经不错了。

但是还不如，

安贫而乐道，

富而好礼好。"

子贡接着道：

"《诗经》里面说：

如切又如磋，

如琢又如磨，

其斯之谓与？

我就这样做！"

（五）

田常专齐政，

发兵攻打鲁。

孔子派子贡，

设法去救助。

子贡此一出，

乱齐而存鲁。

越起而称霸，

强晋而灭吴。

（六）

孔子归国后，
子贡随老师，
为鲁办外交，
鲁人多称之。

子贡为鲁国，
更是为老师。
叔孙武叔者，
三大家族一。
鲁国大司马，
有权又有势，
蛮横而无礼，
再次毁孔子。

子贡嘲弄他:

"不要这样子。

仲尼日月也,

无法超越之。

有人自绝它,

日月何损矣?

只是这种人,

太不自量力。"

子贡用比喻,

赞颂孔夫子:

一曰数仞墙,

外面不得视,

能入门观者,

其人少而稀。

一曰日月也，
无法超越之。
一曰犹如天，
无阶可登之。
诋毁仲尼者，
自己即无知。

（七）

子贡极富有，

子贡有能力，

子贡最可贵，

还是其品质。

回由之职责，

一肩而挑之，

任劳而任怨，

一心为老师。

维护好声誉，

照顾好身体，

光大师之门，

弘扬师之志。

哲人萎矣

（一）

哀公十六年，
周历四月时。
孔子扶手杖，
门口步迟迟。
感到力不足，
悲从心中起。
三千学生中，
最爱三弟子。
颜回已走了，
子路亦已矣。
只乘下子贡，
今天还未至。

不禁歌之曰：

"泰山其颓乎？

梁木其坏乎？

哲人其萎乎？"

子贡听到后，

不禁含泪唱：

"泰山其颓乎，

则吾将安仰？

梁木其坏乎，

则吾将安仗？

哲人其萎乎，

则吾将安仿？"

孔子感叹道：

"赐汝来何迟？

甚矣吾衰也，

大概快要死。

夏人殡东阶，

周人殡西阶，

殷人两楹间，

予始殷人也。"

又过了七天，

哲人即萎矣。

终年七十三，

四月己丑日。

（二）

弟子如丧父，
一如回由时，
吊服而腰绖，
悲痛由心底。

哀公亦临丧，
致词表哀悼：
"老天爷不仁，
不肯留国老。
让他抛下我，
凄冷而寂寥。
一人在君位，
孤单无依靠。

多么悲哀呀，

没有楷模了。"

一国之君主，

亲自作诔文，

亲临以哀悼，

夫子之幸甚。

高徒之子贡，

深知恩师心，

对于鲁哀公，

冷静作评论：

"生前不能用，

死后而悼之，

自称余一人，

都不合于礼。"

孔子之棺椁，

葬于泗水上。

墓坑不及水，

封土斧头状。

墓高至四尺，

奇木植其旁。

以墓地为家，

弟子行心丧。

（三）

守墓三年间，

众多之弟子，

经常在一起，

回忆起老师，

音容和相貌，

教诲之言词，

刻在竹简上，

搜集在一起，

《论语》之雏形，

由是而成之。

（四）

三年心丧满，

挥泪向四方。

唯独一子贡，

筑室在墓旁。

守墓又三年，

师生情意长。

子贡庐墓处，

至今人瞻仰。

尊师之风范，

万世之榜样。

走向世界

（一）

孔子之墓地，
历代扩修之。
今日之规模，
已非当初时。
占地三千亩，
林墙十五里。
坟墓十余万，
碑碣以千计。
殿堂楼亭立，
石雕篆刻奇。
国内之最大，
家族墓葬地。

（二）

孔子之居室，
哀公立为祠。

存放生前物，
岁时行奉祀。

孔庙历代修，
辉煌而壮丽。

今日之格局，
堪与故宫比。

（三）

孔府称圣府，

衍圣公府第。

孔子之嫡裔，

世代相承袭。

天下第一家，

举国无伦比。

"富贵无顶"也，

"文章通天"矣。

（四）

今日之"三孔"，

世界之文遗。

今日之《论语》，

流行于国际。

今日之孔子，

活在人心里，

饮誉全世界，

至圣之先师。